KB097705

내가
가장 아름다울 때

내 곁엔
사랑하는 이가
없었다

내가
가장 아름다울 때

내 곁엔
사랑하는 이가
없었다

김경주
詩劇

poetic

drama

열림원

"네가 그렇게 구체적으로 아픈데 어떻게 시를 쓸 수 있겠니?"

누가 내게 그 말을 해주었던가?
그에게 내가 한 말이던가?

이야기와 행간 사이에 눈을 담아보고 싶었으나
당신에게 가서 모호하게 무너져 내릴 수 있다면
다행이다.

무대에 올려본 적이 없는 텍스트다.
공연을 염두에 두고 작업할 때
'그런 말 말어'라는 제목으로 글을 썼고
이후 다듬어지면서 지금에 이르렀다.

이 이야기의 시작에 관한 에피소드가 하나 있다.
그는 사람들 틈에 끼어 건널목을 기어가다가
신호등이 바뀌는 바람에 미처 길을 다 건너지 못했다.
겁을 먹은 채 중앙선 위에 배를 깔고 있던
그의 검은 지느러미는 위태로워 보였다.
다음 신호등이 바뀔 때까지
그는 하늘을 올려다보고 있었다.

그때 목격한 조수 간만의 차 때문에
여기까지 온 것 같다.

대학 시절, 신촌의 홍익문고 앞에서 자주 마주치던
그분께 이 책을 바친다.

2015년 독바위 작업실에서

차
례

———

곧 저 눈은 다 고요가 된다

깊고 아득한 것들로 돌아가기 위해서

김 씨 40대

파출소 직원 60대/20대

사내(소년) 30대/7세

아내(외국인, 몹시 비대하다)

폐기된 해수욕장의 작은 파출소.

버려진 파라솔,

녹이 슨 미끄럼틀과 해변의 쓰레기들이 보이고

멀리 등대가 이따금씩 불빛을 비춘다.

1

손을 밟히면 하늘을 올려다보죠.

하늘에 물고기들이 날아다녔어요.

짙은 고요
간간이 들려오는 바람 소리 물결 소리

창밖에는 소리 없이 눈이 내린다.
어둠 속에 크리스마스트리 불빛 몇 개 반짝이고
중앙엔 주전자가 올려진 난로와 기름통이 차갑게 식어 있다.
그 옆으로 타자기가 놓인 테이블과 의자 두 개,
벽엔 비옷 손전등 모자 등이 걸려 있고
회중시계가 늦은 시각을 가리킨다.

(막이 바뀔 때마다 시간이 흘러감을 나타내야 한다)

이따금 소리가 끊기고
근처 등대의 불빛이
희미하게 무대에 밀려온다.
하반신인 고무 튜브(조금 과장스럽게 길면 좋다)를
길게 늘어뜨린 김 씨를 등에 업고
파출소 직원이 등장한다.

○ 파출소 직원,
　등에 업은 김 씨를 의자에 내려준다.

　　　　파출소 직원 ╱
　　　　바다로 기어가면 어떡해?

　　　　김 씨 ╱
　　　　눈 때문에 앞이 잘 보이지 않았어요.

　　　　파출소 직원 ╱
　　　　(술을 잔에 따르며)　어두워지면 누가 지나가다 자네

를 밟을지도 몰라.

김 씨 /
익숙한 일인걸요.

파출소 직원 /
(창밖을 보며) 눈이 많이 내리기는 하네.
(술을 잔에 따르며) 그렇지만 조심해야지. 차에 치일
뻔했잖아.

○ 파출소 직원, 옷에 묻은
  눈을 털어내고 담배를 꺼내 문다.

김 씨 /
(담담하게) 팬티를 갈아입고 싶어요. 하루 종일 오
줌 눌 곳을 찾지 못했어요.

파출소 직원 /
옷에 싼 거야?

김 씨 /
(고개를 숙이며)　익숙한 일인걸요.

파출소 직원 /
하지만 어쩌지, 나에게도 남은 팬티가 없는데. 어제
마지막 당직을 섰거든.

김 씨 /
괜찮아요. 팬티 하나로 거리에서 일주일을 버틴 적
도 있으니까.

파출소 직원 /
등에 눈이 많아.

김 씨 /
그러네요.

파출소 직원 /
좀 털어줄까?

○ 김 씨, 고개를 흔든다.

파출소 직원 ╱
그렇다고 바다로 기어가면 어떡해?

김 씨 ╱
하루 종일 도시를 기어 다녔어요.

파출소 직원 ╱
그렇지만 이보게, 자네를 업어서 데려온 건 나야.

○ 파출소 직원,
　난로 불을 켠다.

김 씨 ╱
손을 밟히면 눈물이 나요.

파출소 직원 ╱
저런. 아파?

김 씨 ╱
조금요.

파출소 직원 /

(담배를 꺼내며) 한 대 줄까?

김 씨 /

아니요. (멈칫하다가) 한 대 주세요.

○ 파출소 직원, 다가와
　담배를 한 개비 물려준다.

김 씨 /

손을 떠시는군요.

파출소 직원 /

(손을 바라보며)   심하지. 좀 됐어. 허허, 여기 오는
사람들도 다 손을 떨지만.

○ 김 씨, 담배를 물고
　물끄러미 창문 밖 하늘을 올려다본다.

김 씨 /

사람들에게 손을 밟히면 하늘을 올려다보죠.

파출소 직원 /
못된 사람들. 밟고 지나가는 것을 당연하게 여기지.

김 씨 /
하늘에 물고기들이 날아다녔어요.

파출소 직원 /
하늘에 물고기들이 날아다닌다고?
바다로 들어가서 헤엄치고 싶었구나. 인어처럼 말
이야. 죽는다고 해결되진 않아.

김 씨 /
저는 수영을 못해요.

○ 파출소 직원,
물소리에 귀를 기울이듯 잠시 멍하다.

파출소 직원 /
여긴 폐기된 해수욕장이야. 꽤 되었지. 겨울에 해변
은 출입 금지 구역이야. 물소리가 차가운걸.

김 씨 /
물속은 땅바닥보단 따뜻할까요?

파출소 직원 /
고무가 젖은 것 같은데 벗고 좀 쉬어.

○ 김 씨, 침울해지며
다리인 고무를 바라본다.

파출소 직원 /
미안해. 기분 상하라고 한 소리는 아니었어.

김 씨 /
괜찮아요.

파출소 직원 /
(자신의 술잔을 건네며) 추우면 좀 들겠나?

김 씨 /
술을 잘 마시지 못해요.

파출소 직원 /

(자신의 잔에 따르며) 사는 건 다 비슷해.

김 씨 /

그럼 이제 전 철창신세인가요?

파출소 직원 /

담배를 거꾸로 물고 있잖아. 바로 물게.

김 씨 /

(담배를 보며) 그렇군요. 담배를 물어본 지 너무 오래되어서요.

○ 파출소 직원, 김 씨에게 다가와
  물을 한 잔 따라준다.

김 씨 /

(물 잔을 받아 들며) 고마워요. 전 그냥 사람들한테
밟힌 손이 아파서 잠시 쉬려던 참이었어요.

파출소 직원 /

그랬구나.

김 씨 /

손을 밟히면 앞으로 기어갈 수 없어요.

파출소 직원 /

(손을 바라보며)   그래서 손이 물갈퀴처럼 변한 거
구나.

김 씨 /

사람들이 손을 밟으면 발이 지나갈 때까지 입만 벌
리고 있죠.

파출소 직원 /

(술병을 들고 건네며)   자 따라줘. 한 잔 주게.

김 씨 /

(술을 따라주며)   단속에 걸리면 고무를 벗겨서 내쫓
는다고 하던데요. 전 팬티밖에 입지 않았어요.

파출소 직원

그런 일은 없을 거야. 오늘 밤엔 이곳에 나밖에 없으
니…

○ 김 씨와 파출소 직원, 잔을 주고받는다.
문이 바람에 밀려 열린다. 눈발이 밀려와 바닥에 쌓인다.
파출소 직원, 문을 닫고 빗자루로 눈을 쓸어 담는다.

김 씨

저를 새벽마다 등에 업어서 거리에 내려주곤 해요.

파출소 직원

누가 업어준다는 거야?

김 씨/
아내요.

파출소 직원/
아는 사람이야?

김 씨/
아내를 모르는 사람도 있나요?

파출소 직원/
저런. 아내가 자네에게 구걸을 시키는 거야?

김 씨/
먹고 살아야 하니까. 제가 할 수 있는 일을 하는 거죠.

파출소 직원/
아내가 일을 할 수도 있잖아. 자넨 집에서 쉴 수도 있고.

김 씨

누구에게나 사정이 있어요.

파출소 직원

아내에게 업힌 채 새벽마다 거리로 나앉는 사정 말인가?

김 씨

저는 아내를 한 번도 업어준 적이 없어요.

파출소 직원

아내를 못 업어준다고 업혀서 살 순 없어. 아내가 자넬 업고 살기에는 자네가 너무 무거워 보이는데.

김 씨

살이 조금 쪘지만, 고무를 빼면 아가처럼 가벼워요. 다리가 없으니까.

파출소 직원

그래도 무거울걸. 다리는 어디에다 둔 거야?

김 씨
그러게요. 다리는 어디로 갔을까요? 전 제 다리를
어디에 두고 온 걸까요?

○ 김 씨,
　노려본다.

파출소 직원
미안 미안. 농담이야.

김 씨
놀림당하는 거 익숙해요. 세상을 불평한 적도 없
어요.
제가 구한 돈으로 아내와 함께 제과점에 가서 빵을
샀어요.

파출소 직원
아내 등 뒤에 업혀서 빵을 고르는 기분은 어때?

김 씨
아내는 저를 아무 곳에나 함부로 내려놓지 않아요.

딱 한 번 배가 고파서 저를 업은 채 거리 바닥에 주
저앉은 적은 있죠. 저는 아내 등으로 배에서 나는 꼬
르륵거리는 소리를 들으며 아내 등에 얼굴을 묻고
울었어요.

파출소 직원 ╱
아기가 된 기분이었겠군. 그럴 땐 등에 업혀 울어도
돼. 하지만 서로의 눈을 바라보긴 힘들었을 거야.

김 씨 ╱
잠시 후 아낸 저를 달래고 벌떡 일어나서 다시 걸었
어요.

파출소 직원 ╱
등에 업혀 무슨 생각을 했나? 많은 생각이 떠올랐을
거야.

김 씨 ╱
내일은 힘들어도 사람들과 눈을 꼭 마주쳐야겠다,
다짐했어요.

파출소 직원 /

어려운 결심을 했군. 나도 여기서 매일 같은 다짐을 해보지만 어려운 일이야.

김 씨 /

아내는 나를 포기하지 않아요. 아내는 도화지에 색연필로 내 다리를 그려주곤 해요. 난 꿈속에서 아내를 업고 달리는 꿈을 꾸곤 하죠.

파출소 직원 /

맞아. 자넨 짐이 아니니까 힘들다고 버릴 순 없겠지. 그럼 매일 아침마다 아내가 그렇게 일터에 내려주는 거야? 그러고 나서 아내는 어디로 가는 거지?

김 씨 /

사람들이 많이 다니는 거리에 내려주는 것뿐이에요. 그리고 제 눈에 검은 선글라스를 씌워주죠.

파출소 직원 /

사람들 눈을 보지 않도록.

김 씨
아니요, 사람들이 제 눈을 보면 불편해할까 봐요.

파출소 직원
그냥 앵벌이를 시킨다고 말해, 편하게.

김 씨
그런 천박한 용어로 아내와 나 사이를 가로막지 마세요. 잔인해 보이니까.

파출소 직원
미안, 그럴 뜻은 없었네. 하지만 앵벌이를 시키는 것도 불법이야. 알고 있나?

김 씨
맞아요. 우린 법의 보호를 받지 못해요. 혼자 거리로 기어 나오다가 차에 치이거나 트럭에 깔려도 우린 고무 취급을 받으니까요.

파출소 직원
그런 말 말어. 자넨 인간이야. 스스로를 돌봐야지.

김 씨 /

반은 고무이고 반은 인간이죠.

파출소 직원 /

장애일 뿐이야. 극복해야지. 아내와 잘 상의해봐. 다른 방법도 있을지 몰라.

김 씨 /

무슨 방법이요?

파출소 직원 /

매일 이별하지 않고 사는 방법이 있을 거야.

김 씨 /

어르신은 여기서 많은 사람들이 살려고 노력하다가 자빠지는 것을 보았으니 뾰족한 수를 알고 계시는구나? 알려주세요. 제가 어떻게 무슨 일을 할 수 있을까요? 아내와 매일 이별하지 않고 사는 방법이 뭐가 있죠?

파출소 직원 /

글쎄. 지금 당장은 생각나지 않지만… 다른 길도 있

을 거야.

김 씨/
차라리 저를 한 번 업어서 거리에 내려주시는 게 나
아요. 모두들 그런 식이죠.

파출소 직원/
매일 아내가 다시 데려오나?

김 씨/
업어서 집으로 데려와요.

파출소 직원/
그렇게 해서 하루에 얼마나 벌 수 있지?

김 씨/
닳아질 장갑을 사고, 달걀을 사고, 화장지를 사고,
촛불을 사면 끝이죠.

파출소 직원/
닳아지지 않는 장갑, 닳아지지 않는 달걀, 닳아지지
않는 화장지, 닳아지지 않는 촛불이 있으면 좋을

텐데.

김 씨 /
그런 세상이 온다고 해도 저는 거리에 있을 것 같
아요.

파출소 직원 /
가족이 있다는 건 좋은 거야. 희망을 포기하진 마.
여기서는 가족을 잃어버린 사람들이 하루에도 수십
명씩 드나들며 결국은 가족을 찾지.

김 씨 /
위기가 오면 바다표범들처럼 절벽에 모여서 울죠.

○ 파출소 직원, 술을 따라 마신다.
  문이 눈발에 밀려 열린다.
  김 씨, 기어가서 문을 닫고 온다.

파출소 직원 /
잠깐 순찰을 좀 다녀올 테니 쉬고 있게.

김 씨 /
화장실은 어디죠?

파출소 직원 /
저기로 돌아가면 돼. 도와줄까?

김 씨 /
저 혼자 바지는 내릴 수 있어요. 할 수 있어요.

파출소 직원 /
조심하게.

○ 김 씨, 화장실 쪽으로 기어가고
  파출소 직원, 플래시를 챙기고
  겉옷을 입고 나갈 준비를 한다.

김 씨 /
어느 날 눈이 이렇게 내리는 밤에 제 방문을 열고
들어왔어요.

파출소 직원 /

누가?

김 씨 /

아내요.

파출소 직원 /

허허, 재주 좋아. 아낼 업어왔구먼.

○ 파출소 직원, 문을 열고 나가고
　김 씨, 화장실 문을 연다.

2

—

전 금방 얼 거예요.

얼어서 눈동자가 제일 먼저 깨질 거예요.

깨진 눈동자가 유리알처럼 바닥으로 굴러떨어지겠죠.

◦ 해변의 묘지.
　무덤가.

◦ 무덤가를 순찰하는 파출소 직원,
　플래시 불빛으로 묘지 옆에 웅크린 소년을 발견한다.
　인기척을 느낀 소년, 일어나서 삽을 들고 무덤을 파고 있다.

파출소 직원 ╱
(혼자 중얼거리듯)　얘야, 추운데 왜 나와 있니? 이런
일은 나에게 맡기고 어서 들어가거라. 네가 있는 곳

으로 돌아가 잘 지내야지.

○ 파출소 직원, 삽을 들고 흙을 파서 파헤쳐진 무덤 하나를 덮어준다.
 눈발이 심하다. 땀을 흘린다.
 소년, 묘지 뒤로 가서 장난감 총을 꺼내 파출소 직원에게 겨눈다.

소년 ╱
탕! 탕!

파출소 직원 ╱
(장난스레) 윽! 쏘지 마. 쏘지 마.

○ 파출소 직원, 소년을 쫓는다.

파출소 직원 ╱
허, 자식 또 사라졌네…

서서히 **암전**

○ 파출소 직원, 다시 문을 열고 들어온다.
　김 씨, 의자에 앉아 있다.

파출소 직원 /
(얼굴을 약간 쳐들어 눈을 바라보며) 　첫눈 치곤 제법
이군. 묵을 좀 들겠나? 어제 한 할머니가 장사하고
남은 거라고 주고 간 게 있는데.

○ 김 씨, 고개를 절레절레 흔든다.
　파출소 직원, 냉장고에서 묵을 꺼내
　전자레인지에 돌려 온다.

파출소 직원 /
좀 들게.

○ 김 씨, 고개를
　절레절레 흔든다.

파출소 직원 /
이렇게 눈이 내리는 겨울엔 따뜻한 묵이 참 좋아. 안

들 거야?

○ 김 씨, 고개를
  절레절레 흔든다.

파출소 직원 /
(술을 잔에 따르며)   근데 얼굴에 발자국은 왜 그래?

김 씨 /
(얼굴을 만지며)   사람이 지나갔어요.
(손가락을 들어 세며)   한 명, 두 명, 세 명…

파출소 직원 /
농담이지?

김 씨 /
농담을 하면서 가다가 잘못 밟곤 해요.

파출소 직원 /
진짜? 다음부턴 사람들이 밑을 못 보고 걸어오면 좀
피해.

김 씨 /
노력해볼게요.

○ 바람 속에 개 짖는 소리.
　무덤가에 있던 소년이 창밖에 와 있다.

파출소 직원 /
(귀 기울이며)　저 어린것도 추운가 보군.
지하실에 가두어두는 게 아니었어.
잠깐 기다리게. 먹이 좀 주고 옴세.

○ 파출소 직원, 무대 뒤로 사라지고
　김 씨, 창문을 바라보며 혼잣말을 하듯
　중얼거린다.

김 씨 /
이봐… 나 내일은 다른 데 내려줘.
괜찮아.
그래.
걱정하지 말고 다른 데 내려줘.

○ 같은 소릴 알아들을 듯 말 듯 하게
　계속 중얼거린다.

○ 파출소 직원, 들어오며
　옷에 묻은 눈을 턴다.

　　　　　파출소 직원 /
　　　　　지독하게 퍼붓는군. 눈이 쌓이면 해변은 흰고래처
　　　　　럼 예쁠 거야.　(중얼거리는 김 씨를 바라보며)　근데
　　　　　누구하고 그렇게 이야기를 해?

　　　　　김 씨 /
　　　　　아내요.

　　　　　파출소 직원 /
　　　　　자넬 미쳤다고 생각해주길 바라는 거야?

　　　　　김 씨 /
　　　　　난 그녈 안고 물속을 구경시켜줬어요.

　　　　　파출소 직원 /
　　　　　방금 전엔 아내가 자넬 업어준다고 했잖아?

김 씨 /

그랬죠.

파출소 직원 /

자네는 꿈을 꾸는 표정이야.
하긴 여기 오는 동안에도 줄곧 내 등에서 눈을 꾹
감고 있었으니까.

○ 김 씨, 파출소 직원의 눈을
물끄러미 바라본다.

김 씨 /

눈을 한번 만져보고 싶어요.

파출소 직원 /

(약간 놀란 듯 가까이 눈을 대주며) 내 눈을? 왜?

김 씨 /

(창문을 보며) 아니, 저 눈이요.

파출소 직원 /
차갑잖아.

김 씨 /
(눈을 한 움큼 쥔 듯이 바라보며) 눈을 이렇게 만지고
있으면 하늘 냄새가 나요.

파출소 직원 /
하늘에서 내려왔을 테니까 그럴 만도 하군. 그런데
이보게.

김 씨 /
네.

파출소 직원 /
자네는 죽은 사람이 하는 이야기를 들어본 적이 있
나?

김 씨 /
아니요. 갑자기 왜 그런 말을 하시죠?

파출소 직원 /

차라리 안 듣는 게 낫지. 자네가 눈을 감고 말하는
걸 보면 꼭 죽은 사람과 대화하는 것 같아.
그만하지. 졸리면 불 곁에서 좀 자도록 해. 자넨 많
이 피곤해 보여. 우린 조금 이따가 이제 여길 나가야
하네. 곧 교대할 시간이거든.

○ 물결이 잔잔하게 흔들린다.
　물소리에 섞이는 고요한 바람 소리.

김 씨 /

(창문을 보며)　물속에서 종소리가 나는 것 같아요.

파출소 직원 /

(담배를 꺼내 물며)　물고기들의 울음소리야.

○ 파출소 직원, 난로에 손을 쬐다가
　김 씨 옆으로 다가온다.

김 씨 /

그걸 어떻게 아시죠? 물고기들 입안에 종이 들어 있

나요?

파출소 직원 ╱
겨울엔 자주 들려와. 혼자 새벽에 조용히 바다를 바라보곤 해. 눈이 내리면 물고기들은 바닥에 가라앉아 입안의 종을 흔든다고 하더군.

김 씨 ╱
누가 그래요?

파출소 직원 ╱
내 아내가 말해준 거야.

김 씨 ╱
종을 흔들고 있구나.

○ 파출소 직원, 손으로
　창문의 성에를 조금 벗겨낸다.

김 씨 ╱
이 안은 너무 어두워요.

파출소 직원 /

밤이 되면 바닷속 그림자들이 이 안까지 밀려오니까.

○ 김 씨, 창문으로
  바다를 한동안 바라본다.

김 씨 /

사람들은 저하고 눈을 마주치지 않으려고 해요.

파출소 직원 /

내 아이도 그랬지.

김 씨 /

아이라고 했나요?

파출소 직원 /

(자신을 의식한 듯) 아니네. 그건 그렇고. 그렇게 버티다간 더 심해질 거야. 계속 그렇게 살 순 없어. 닳아질 장갑을 사고, 달걀을 사고, 화장지를 사고, 촛불을 사면 끝이라구.

김 씨 /
물 좀 주세요. 하루 종일 물 한 모금 못 먹었어요.

○ 파출소 직원, 난로 위 주전자에서
   물을 한 잔 더 부어준다.

파출소 직원 /
물은 몸에 들어가면 곧 차가워질 텐데.

김 씨 /
(물을 마시다가 놀란 듯) 보셨어요? 방금 누군가 우
리 머리 위로 걸어갔어요.

파출소 직원 /
누가?

김 씨 /
저 소리.

파출소 직원 /
바람이야.

○ 둘은 서로를
  멍하게 바라본다.

파출소 직원 /
고향이 어디야?

김 씨 /
제 고향은… 제 감정이에요.

파출소 직원 /
아름다운 말이군. 하지만 힘들잖아. 그렇게 사는 거.

김 씨 /
어르신도 그렇게 견디고 있잖아요.

○ 바람 소리.

파출소 직원 /
내복은 입고 다녀?

김 씨 /
아니요.

파출소 직원 /
말려놓은 것이 하나 있어. 입혀줄까? 고무를 벗겨
줄까?

김 씨 /
괜찮아요. 옷을 벗으면 안 좋은 냄새가 날 거예요.

파출소 직원 /
상관없어. 자네보다 더 심한 꼴도 많이 봐온 나라구.

김 씨 /
다리가 없으니 편하게 입히실 수 있겠죠. 보자마자
입을 벌리시겠지만.

파출소 직원 /
동정하는 게 아닌 거 알잖아.

김 씨 /

저도 삐뚤어진 게 아닌 거 알잖아요. 우리 피차 불필
요한 노력은 하지 말아요.

파출소 직원 /

아내 손만 타겠다? 좋아, 아내가 돌아오면 그렇게
하게. 나도 이 나이에 낯선 남자에게 내복을 입혀주
는 게 익숙하지는 않으니.

김 씨 /

아내는 돌아오지 않아요. 떠났으니까.

파출소 직원 /

그게 무슨 소리야? 저녁마다 자넬 업어 집으로 데려
간다고 했잖아.

김 씨 /

떠났어요.

파출소 직원 /

집을 나간 거야? 가출한 거야?

김 씨 /
멀리요.

파출소 직원 /
자넬 버린 건가?

김 씨 /
어딘가로 떠난 거예요.

파출소 직원 /
자네가 업어 온 여자 아닌가?

김 씨 /
어느 날 집에 와 보니, 제 방에 누워서 자고 있었어요. 전 깜짝 놀랐죠. 제 방이었으니까요. 아내는 놀란 저를 업어서 달랬죠.

파출소 직원 /
무단 가택 침입이었군.

김 씨 /

잘 곳이 없었나 봐요. 제 방은 오래 비어 있었거든
요. 전 등에 업혀서 아내의 사연을 들었어요. 며칠만
지내게 해달라고 했어요. 전 허락했죠. 해칠 사람 같
아 보이지는 않았으니까.

파출소 직원 /

업혀서 달래면 다 순해지지.

김 씨 /

불쌍한 여자예요. 고향은 필리핀이라고 했어요.

파출소 직원 /

같이 살기 시작했군. 자넬 업어준 유일한 여자였겠
어. 좋았어?

김 씨 /

네, 좋았어요. 그녀가 밥을 짓고 있을 때 전 행복해
서 바닥에 뒹굴면서 까르르 웃곤 했어요.

파출소 직원
여자 등에 업혀 우는 기분은 어때?

김 씨
다신 여자 등에 업혀 울 수 없는 기분보단 나아요.

파출소 직원
그런데 어느 날 자넬 업어서 거리에 내려놓은 후 다신 돌아오지 않았다?

김 씨
아내를 기다렸어요. 같은 자리에서 꼼짝하지 않고. 저를 잃어버리지 않도록.

파출소 직원
거리에서 얼마 동안이나 그렇게 기다렸어? 모아놓은 돈을 노리고 흘러온 건 아니야?

김 씨
그건 아니에요. 전 빈털터리예요.

파출소 직원 /
매정한 여편네. 잠잘 때 옆으로 굴러가서 거짓 심장
소리를 들어봤어야 했어. 고소할 거야?

김 씨 /
사람을 버려도 고소를 할 수 있나요?

파출소 직원 /
버려진 자보다 버린 자가 더 고통스럽겠지. 그치만
용서받을 순 없어.

김 씨 /
사흘 동안 자지도 먹지도 싸지도 눈물 흘리지도 않
고 기다렸어요. 아내에게 무슨 일이 생긴 건지도 모
르니까.

파출소 직원 /
결국 돌아오지 않았구나.

김 씨 /
전 잠이 들었어요. 탈진해 쓰러진 거죠. 깨어나 보니

제 방이었어요. 눅눅하지만 이불에 사슴이 그려진
우리 방.

파출소 직원 /
누가 자넬 방으로 다시 옮긴 거야? 아내가 나타나서
업어 데려온 거야?

김 씨 /
처음엔 어리둥절했어요. 어떻게 내가 다시 집으로
돌아올 수 있었을까? 나도 모르는 사이에 내가 몽유
병 환자처럼 집으로 기어 온 걸까?

파출소 직원 /
나도 가끔 비번일 때 술을 먹고 방에서 깨어나면, 그
런 기분이 들 때가 있긴 하지.

김 씨 /
방을 둘러보고 알았어요. 깨끗하게 청소된 방, 세탁
된 내복들, 팬티들, 그릇들. 전 벽을 타고 기어올라
가 불을 끄고 어둠 속에 가만히 누워 있었죠. 눈물이
턱으로 흘러내렸어요.

다음 날 저는 혼자 거리로 기어 나왔어요. 그리곤 지나가는 사람들 눈을 바라보았어요. 배 아래서 손을 꺼내 바구니를 밀며 조금씩 앞으로 움직였어요. 파란불이 보이면 건넜고, 빨간불엔 멈추었고, 노란불엔 앞으로 갈지 멈출지를 결정해야 했어요. 저녁이 되면 마스크를 내리고 거리에 침을 뱉었죠.

파출소 직원 /
사랑하는 이가 떠나도 슬픔마저 함께 떠나진 않는 법이니까 살아야지. 먹고는 살아야 하니까.

김 씨 /
전 거리를 떠나지 못해요. 제게 있는 조금 남은 다리론 멀리 못 가죠.

파출소 직원 /
조금 남은 다리로도 충분해. 누구나 조금씩 남아 있는 부분으로 산다구.

김 씨 /
믿을 수 없어요. 난 바다로 기어가서 죽을 거야!

○ 파출소 직원, 허리춤에서 수갑을 꺼내
  김 씨에게 다가가 덥석 채운다.
  김 씨, 놀라는 표정.

파출소 직원 /
자, 이제 자넨 이 팔로 뭘 할 수 있겠나? 이제부턴
묶인 팔이네.

김 씨 /
아내의 목을 졸랐던 팔이라면?

파출소 직원 /
갑자기 무슨 소리야?

김 씨 /
이 팔로 새벽마다 옆에서 잠든 아내를 죽이려고 했
던 적이 많았죠. 그리고 거리로 나가 차에 치여 죽어
버리겠다고.

파출소 직원 /
꼬였긴. 결국은 그렇게 하지 못했잖아. 그런 말 말어.

김 씨 /

못했죠. 아내는 그럴 때마다 옆에서 흐느끼는 나를 업은 채 거리로 나와서 절 달랬죠.

파출소 직원 /

나도 우는 아이를 업어서 달래본 적이 있지. 근데 아내가 왜 자넬 두고 떠났다고 생각해?

김 씨 /

힘들었을 테니까. 지겨웠을 테니까. 병신과 같이 사는 건 아니니까.

파출소 직원 /

자네에게 이렇게 말해도 되는지 모르겠지만, 자네에게 있는 저 지느러미를 닦아주고 벗겨주고 볼을 비벼본 사람이 아내 아니었는가?

김 씨 /

저를 뭐라고 부르든 상관없어요. 전 아가미만 살아 있는 물고기니까.

파출소 직원 /

아무도 자넬 떠난 적 없어. 자네가 아직 거기 머물러
있으니까.

김 씨 /

지금 제 곁엔 아무도 없고 전 몰라보게 야위고 있지
만 세상은 저와는 상관없이 지나가죠. 전 제가 지나
간 모든 거리를 증오해요.

파출소 직원 /

세상이 자넬 불쾌하게 여긴다고만 생각하고 산다
면 자넨 영영 사는 게 불편할 거야. 그건 자네에게
조금 남은 다리하곤 상관없이 벌어지는 일일 거야.
아닌가?

김 씨 /

맞아요. 저는 몸이 불편하고 사람들은 저를 불쾌하
게 여기죠. 말씀해주시지 않아도 그게 현실이라는
걸 잘 알고 있어요. 저를 더 이상 동정하지 않겠어요.
바닥에 붙어 끔찍한 바닥을 밀며 살다가 갈 거예요.
아무도 내가 사는 바닥에 대해서 침을 뱉지 못하도

록, 내가 이 바닥을 꼭 붙들고 있을 겁니다.

파출소 직원 /
하지만 자넨 동정이 필요한 삶을 살고 있잖아. 그걸
어떻게 부르건 상관없지만 거리의 동정이 존재하지
않는다면 자네의 하루는 보장받지 못하잖아. 자네
의 생명은 사람들의 동정으로 유지되고 있다는 걸
왜 인정하려 하지 않지?

김 씨 /
훈계 따윈 집어치워. 난 끼니를 구걸하고 살지만 그
들의 감정을 구걸하지는 않으니까.

파출소 직원 /
자네에게 던져주는 동전도 그들에겐 감정이야.

김 씨 /
아니야. 그들은 그냥 동전을 던져주는 것뿐이야. 난
감정은 받지 않아.

파출소 직원 /
그 말은 오히려 자네가 선택할 수 있는 게 별로 없어 보인다는 말처럼 들리는군.

김 씨 /
내가 궁둥이라도 흔들고 이 지느러미를 흔들어대며 고맙다고 춤이라도 춰줘야 한단 말인가요?
더러워. 더러워.

파출소 직원 /
자네 집에 있는 화장지, 촛불, 크레파스들에 대해 예의를 갖추라는 건 아냐. 다만… 증오로 인해 자신이 사랑하는 것들을 파괴하지는 말라는 거야. 자네에게 존재하는 삶의 능력 중에 자신이 사랑하는 것들을 파괴하는 능력을 갖추고 싶다면 난 그만 말하겠네.

김 씨 /
난 많은 걸 잃어버렸어요. 다리도, 아내도. 그리고 어쩌면 똑바로 생각하는 법도 잃어버렸는지 모르죠.

파출소 직원 /

하지만 모든 걸 잃어버린 건 아니야. 아닌가?

김 씨 /

다리는 조금 남아 있어요. 십오 센티 정도. 당신이라면 이걸로 뭘 할 수 있죠?

파출소 직원 /

아무것도 할 수 없을지 모르지. 하지만 남은 걸 포기하지는 않을 거야. 바다로 기어 들어간다고 달라질 건 없어.

김 씨 /

바닥이 익숙해요. 바다도 바닥은 있을 거예요.

파출소 직원 /

그렇게 오늘 밤 비관만 할 생각이라면… 그래, 원한다면 고무를 벗겨서 내쫓을 수도 있어. 자네가 좋아하는 바닥으로 돌려보내주지.

김 씨 /

난 다시 태어난다면 사람이 아니라 차라리 물고기
가 될 거예요. 헤엄은 잘 치겠죠.

파출소 직원 /

고기들도 사람들에게 낚여 건져 올려지면 똑같은
거 아닌가?

김 씨 /

씨팔. 재수 없어. 그런 말 말어.

파출소 직원 /

자넨 혼자야. 사람들이 동정을 베풀지 않으면 자넨
살 수 없는 존재야. 자넬 그동안 살려온 건 아내가
아니야. 사람들의 동전이야.

김 씨 /

그만해요, 그만. 그런 잔인한 말로 사람들을 감옥에
넣으셨군요. 전 더 이상 생각하고 싶지 않아요. 조
금 남은 다리로 이미 충분히 외로웠고, 입속까지 넘
어온 눈물을 삼키고 있고, 차가운 바닥을 헤매고 있

어요. 몇 마디 말이나 생각으로 제 다리가 다시 생
겨나는 것도 아니니까. 난 이제 아무것도 기다리지
않아요.

○ 파출소 직원, 묵을 김 씨 얼굴에 던져버린다.
　컵의 물을 얼굴에 뿌린다. 김 씨, 웃는다.

파출소 직원 ╱
묵사발 같은 녀석. 꺼져버려.

○ 파출소 직원,
　수갑을 풀어준다.

○ 파출소 직원, 돌아와 의자에 앉아 담배를 피운다.
  김 씨, 멍하다.

○ 눈 소리, 거칠다.

○ 김 씨, 고무를 당겨 얼굴을 닦는다.
  파출소 직원, 소주를 마신다.
  김 씨, 기어서 나가려 한다.
  문을 여니 폭설이 엄청나다.
  눈발을 뒤집어쓰며 떨고 있다.
  파출소 직원, 다가가 문을 닫는다. 고요하다.
  서로를 잠시 멍하니 바라본다.
  수건을 가져와 쭈그려 앉은 후 김 씨의 젖은 고무를 닦아준다.

                          파출소 직원 /
            나가지 마. 앞을 가누기 힘들 정도의 눈이야. 바다까
            지 기어가기도 전에 얼 거야.

            김 씨 /
            맞아요. 전 금방 얼 거예요. 얼어서 눈동자가 제일
            먼저 깨질 거예요. 깨진 눈동자가 유리알처럼 바닥
            으로 굴러떨어지겠죠.

파출소 직원 /

알았으니까 뒤로 돌아봐.

김 씨 /

잠깐만요. 아파요. 천천히 닦아주세요.

○ 김 씨, 몸을 돌려준다.
　파출소 직원, 뒤쪽 젖은 고무를 닦아준다.

　　　김 씨 /

　　　방금, 들으셨어요?

　　　파출소 직원 /

　　　무슨.

　　　김 씨 /

　　　풍덩. 물속에 뭔가 떨어진 소리 같아요.

　　　파출소 직원 /

　　　또 누군가 몸을 던졌나 보지.

김 씨 /
그럼 물고기들이 입안의 종을 흔들며 울겠네요. 무
서워라.

파출소 직원 /
가라앉아 있던 물고기들이 놀라겠지. 지느러미를
흔들며 깰 거야.

김 씨 /
안 나가보세요?

파출소 직원 /
(술병을 들며) 됐어. 내버려둬. 좀 줄까?

김 씨 /
(고개를 절레절레 흔들며) 괜찮아요.
(술병을 흘깃 보며) 와인인가요?

○ 술병을 흔들며
　 웃어 보인다.

파출소 직원 ⁄

와인 좋아해? 순찰하다가 주운 거야. 추우면 근처
무덤에 와서 자는 사람들이 많거든.

○ 김 씨, 괜찮다는 듯
　고개를 흔든다.

김 씨 ⁄

저도 그런 사람을 본 적이 있어요.

파출소 직원 ⁄

그 사람을 보았다고?

김 씨 ⁄

네.

파출소 직원 ⁄

장난감 비행기를 가지고 다니던 아이를? 설마. 자넨
그 녀석을 볼 수 없어. 그러니 자네가 만났다는 그
아이는 다른 사람일 거야.

김 씨/
제가 아는 사람이 그 사람이에요.

파출소 직원/
자네가 알고 있는 것을 말해줘.

김 씨/
사람들이 제 옆을 빠르게 지나갈 때마다 저는 사람들이 보지 못하는 것을 볼 때가 있어요.

파출소 직원/
떨어진 동전?

김 씨/
그것도 보이구

파출소 직원/
떨어진 귀걸이나 립스틱?

김 씨/
그것도 보이구

파출소 직원 /

또 뭘 보았지?

○ 김 씨, 의자에서 내려 창가 쪽으로 기어간다.
　잠시 멍하니 창밖을 바라본다.

　　김 씨 /

　　몰래 떨어진 눈물요.

　　파출소 직원 /

　　왜 그걸 자네 손등에 함부로 떨어뜨리고 지랄이야.
　　그건 집에 가져갈 수도 없잖아.

　　김 씨 /

　　맞아요. 몰래 얼른 주워서 집에 가져갈 수도 없는
　　거죠.

　　파출소 직원 /

　　그런 건 빨리 잊어버리는 게 나아. 갈 길을 가야지.
　　앞으로.

김 씨 /

그게 누구의 것이든 눈물은 따뜻해요. 손등에 떨어지면.

파출소 직원 /

눈물 나네. 왜 바다로 기어가려고 하지?

김 씨 /

배가 고파서 아가미를 열어놓고 물을 마시고 싶었어요.

파출소 직원 /

내가 업어서 이곳에 데려오지 않았으면 자넨 눈사람이 됐을 거야. 지느러미가 있는 눈사람.

김 씨 /

한 번이라도 저를 업은 사람은 절 내려놓고 모두 떠났어요.

파출소 직원 /

다 큰 어른을 업어서 키울 수 있는 사람은 없어. 자

넌 생각보다 무겁다구. 그리고 다들 갈 길이 있으니까.

김 씨 /
부탁이에요. 절 다시 안아서 밖에 내려주세요.

파출소 직원 /
지금? 자넬 업어서?

김 씨 /
네. 제가 고무를 벗으면 저를 안으실 수 있어요. 나비처럼 아주 가벼우니까.

파출소 직원 /
안 돼, 지금은. 밖에는 보다시피 눈이 엄청 내리고, 자넬 안을 힘이 남아 있지 않아. 난 노인네야.

○ 김 씨, 고무를 벗는다.
　아주 조금만 남은 다리.

파출소 직원 /
멈춰! 뭐하는 짓이야! 여긴 자네 안방이 아니라구!

김 씨 /
전 아주 가벼워요. 금방 내다 버릴 수 있을 거예요.

파출소 직원 /
싫네. 싫어. 난 음주 운전은 안 해.

김 씨 /
염병할 고집통이 노인네.

파출소 직원 /
내 사회적 지위를 생각해주게. 둘이 있긴 하지만 아
직 정복을 입고 있으니.

김 씨 /
주정뱅이 독거노인.

파출소 직원 /
아무도 몰래 바다에 던져버리는 수가 있어. 말 조

심해.

○ 파출소 직원, 고무를 들어
   난로가 옆에 놓아 말려준다.

파출소 직원 /
무릎이 예뻐. 둥글고 하얀 속살이 아가 무릎 같아.

김 씨 /
제 무릎에 한번 누워보세요.

파출소 직원 /
어? 아니, 아니 됐어. 만지고 싶진 않아.

김 씨 /
아가 무릎 같다고 했잖아요. 만져보고 누워보세요.

파출소 직원 /
이 사람이 무슨 말을 하는 거야! 난 피곤하지 않아.

김 씨 ⁄
제 무릎에 누우시면 사람들이 보지 못하는 것이 보여요. 궁금해하셨잖아요.

파출소 직원 ⁄
나중에. 나중에.

○ 김 씨, 무릎으로 미끄러지듯 다가와
  파출소 직원의 두 안짱다리를 꽉 껴안는다.

파출소 직원 ⁄
뭐하는 짓이야? 징그럽게. 저리 가지 못해. 어어 참.

김 씨 ⁄
제가 징그러우세요?

파출소 직원 ⁄
아니. 그게 자네가 징그럽다는 게 아니라. 우리 지금 이 모습이 좀.

김 씨 /
누워보세요. 어서.

파출소 직원 /
알았어. 알았어. 내 참. 이 나이에…

○ 파출소 직원,
  김 씨의 무릎을 벤다.

파출소 직원 /
바닥에서 우리가 이래도 되는 걸까?

김 씨 /
전 늘 바닥이었으니 순경님이 바닥에 조금 가까워
지신 것뿐이에요.

파출소 직원 /
문을 잠가야 하는 건데. 쪽팔리잖아.

김 씨

전 삼백육십오 일 쪽팔려요.

문단속은 필요 없어요. 여길 들여다볼 수 있는 사람
은 아무도 없으니까. 바닥은 처음은 조금 불편해도
조금 지나면 편안해져요. 창밖 눈을 좀 보세요. 여기
서 보면 정말 달라 보이죠.

파출소 직원

이대로 있다간 졸릴 것 같아.

김 씨

맞아요. 눈을 바닥에 가만히 누워서 보면 금방 졸리
죠. 소리 없이 하늘이 내려와 제 눈 속에 쌓이는 기
분이에요.

파출소 직원

그 말도 졸려. 졸려.

김 씨

내리는 눈 속으로 우리의 얼어붙은 눈동자가 들어
가 풀리는 거예요.

○ 파출소 직원, 코를 곤다.
　김 씨, 머리를 쓰다듬어주며

　　　　　김 씨 ╱
　　　　　보세요. 죽은 새가 땅에 내려와 눕지 못하고 하늘을
　　　　　맴돌고 있어요.

　　　　　파출소 직원 ╱
　　　　　(꿈결인 듯 벌떡 눈을 뜨고)　정말이야?

　　　　　김 씨 ╱
　　　　　보세요. 저기.

　　　　　파출소 직원 ╱
　　　　　(다시 눈을 감은 채)　그렇지, 눈이 내리면…

○ 창문이 덜컥 열린다.
　밀려오는 눈보라.
　조명, 천천히 어두워지면서
　눈이 바람에 몰리는 소리.
　둘은 껴안은 채 잠든다.

암전

3

—

말해줘. 사랑이 뭐야?

이불 속에서 지느러미를 부비며 노는 거.

○ 등대의 불빛이 파출소 안에 왔다가 사라진다.
고무 지느러미가 문밖으로 스르르 흘러 나간다.
파출소 안에 눈이 내리고 있다.
서랍과 회중시계, 여기저기 눈이 쌓여 있다.

○ 파출소 직원, 눈에 덮인 채 바닥에 엎드려 있다.
어디선가 날아온 새 한 마리
퍼덕거린다.
창문에 부딪히다가 파출소 직원 등 위로 내려앉는다.
다시 날아올라
벽시계 구멍으로
숨는다.

○ 창밖에 있던 사내,
　안을 바라보며 서 있다.
　문을 열고 들어오는 사내.

파출소 직원 ╱

(사내를 바라보며)　누구시오?

사내 ╱

이틀째 여기서 재워주셨잖아요.

파출소 직원 ╱

그랬군요. 미안해요. 요즘 기억력이 나빠져서 자꾸
깜박깜박해요.　(품속에서 담배를 꺼내 물며)　그런데
왜 아직 여기 있나?

사내 ╱

당신을 기다리는 중이에요.

파출소 직원 ╱

(불을 붙이며)　나를 말이오?

사내 /

이곳은 따뜻하군요. 거리에 있을 땐 추웠어요.

파출소 직원 /

여름과 겨울의 거리는 다르지. 자전거의 손잡이를
만져보면 알아.
(반응이 없는 걸 확인하고 다시) 철의 느낌 말이오. 겨
울엔 철을 만지면 마음이 황폐해져. 그 느낌을 아
시오?

사내 /

제 손발은 늘 차가워요.

파출소 직원 /

(다가와 손을 만지며) 정말 그렇군. 꼭 산 사람 같지
않아. 여기 와서 불을 좀 쪼여요. 몸이 녹을 거야.

○ 사내, 몸을 돌려
　크리스마스트리의 불빛을 만진다.

파출소 직원 /

그건 그렇고, 열쇠가 없었을 텐데. 자네가 어떻게 이
곳에 들어왔는지 알다가도 모르겠군.

○ 벽시계 뒤에 숨어 있는 새를 손바닥에 올린다.
창문을 열고 새를 날려준다.

사내 /

바람을 타고 왔어요. 오늘 밤처럼 이런 눈이 실린 바
람은 따뜻해요.

파출소 직원 /

(혼잣말하듯)   가엾은 여자 같으니. 아직도 이승을
떠돌고 있구면. 하지만 자네 말은 믿기 어려워. 바람
에 창문이 열리는 틈으로 들어온 거구나.

○ 사내, 서랍에서 비행기를 꺼내
가지고 놀기 시작한다. 익숙한 행동이다.

김 씨 /

(입에 플래시를 물고 있다. 문을 열고 기어 들어오며)   눈

이 참 곱군. 평화로워.

○ 물고 있던 플래시를 내려놓는다.
　 세 사람, 잠시 창밖에 내리는 눈을 바라본다.

김 씨 /

(파출소 직원을 바라보며)　순경님, 제가 사람들의 평
화를 방해한 건가요?

파출소 직원 /

사람들은 불편함을 원하지 않는 법이야. 자네 때문
에 교통이 마비될 수도 있고 또… 침을 함부로 거리
에 뱉을 수도 없잖아.

김 씨 /

(고개를 숙이며)　저는 인생이란 늘 불편한 것이라고
생각해요.

파출소 직원 /

그렇지. 삶은 늘 불편한 것이긴 하지.

김 씨 /

(몸을 떨며) 조금씩 추워지네요.

파출소 직원 /

(바라보며) 술을 들게. 아니면 난로를 더 당겨줄 수
도 있어.

○ 파출소 직원, 술잔을 들고
  창문 쪽으로 다가온다.

파출소 직원 /

난 오늘이 마지막이야.

김 씨 /

(시계를 보며) 그럼 이제 두 시간밖에 남지 않았어
요.

파출소 직원 /

이 일 말일세.

김 씨 /
일을 그만두시는군요.

파출소 직원 /
그만하라는군. 하긴 쉴 때도 됐지. 길도 자주 잃고.

김 씨 /
저도 밖에 나오면 길을 자주 잃곤 해요.

○ 김 씨, 바닥을
  잠시 내려다본다.

김 씨 /
어르신 머리카락이 자꾸 바닥에 떨어지는군요.

파출소 직원 /
(돌아보지 않고)   놔두게. 머리카락은 나하고 함께한
세월 아닌가.

김 씨 /
계단 하나를 오르는 데도 십 년 같지요.

파출소 직원 /
(돌아보며)   자네한텐 그렇겠군. 난 이제 머리카락이
많이 빠진다네.

사내 /
저는 교회 십자가에 앉아 혼자 머리카락을 잘라요.

김 씨 /
저도 방 안에서 혼자 머리카락을 잘라요.

파출소 직원 /
찾아갈 가족은 없어?

김 씨 /
지금은요.

○ 밖에서 들리는 종소리.
　둘, 잠시 귀 기울인다.
　물결처럼 모아졌다가 흩어지는 조명.

사내 /

(바닥에 떨어진 머리카락을 주우며)   새가 사람의 머리
카락을 물고 날아가면 그 사람은 밤에 날아다니는
꿈을 꾼다.

○ 사내, 다시 구석으로 가서 비행기를 가지고 놀기 시작한다.
　구석의 간이침대로 가서 이불을 정리한다.

김 씨 /

저 아이는 누구죠?

파출소 직원 /

내버려진 아이 같아. 무덤가에서 자랐을 거야. 젊었
을 적부터 근무할 때 가끔 놀러 오곤 하지. 벌써 많
이 컸어.

김 씨 /

다신 얼어 죽게 하지 마세요.

파출소 직원 /

그래. 그래야지.

(김 씨를 바라보며) 자네를 업고 온 건 얼마 전 자네 처럼 고무 하반신을 끌고 거리로 나왔다가 얼어 죽은 사람이 생각나서야.

김 씨 /
겨울엔 얼어 죽는 사람이 많지요.

파출소 직원 /
(술잔을 들고) 아주머니였어. 아직 고운 얼굴이었지. 새벽에 거리로 나왔다가 변을 당한 거야. 처리하는데 애를 먹었지. 장님도 아닌데 선글라스는 왜 쓰고 나왔는지.

김 씨 /
선글라스를 쓰는 건, 눈물이 자꾸 흐르기 때문이에요.

파출소 직원 /
눈이 얼어붙은 바닥을 몸으로 끌고 다니니 좀 추웠 겠어. 마른 물고기처럼 굳어 있더군. 보호자도 못 찾고 신분도 알 수 없었어. 아무도 신고조차 하지 않고 그냥 피했다는 거지. 사람들 인심이라는 게 옛날 같지 않아. 하긴 누구나 새벽에 그런 걸 보면 그냥 못 본 셈 치는 게 맘이 편하긴 할 거야. 고무를 벗겨보니 안에 온전한 다리가 있더군. 무슨 생각으로 고무를 달았을까? 벌어먹기 힘들어 장애를 가장하며 사는 경우는 종종 보아왔지만, 멀쩡하게 두 다리로 살아도 방법이 있었을 텐데…

김 씨 /
굳은 몸을 펴주셨나요?

파출소 직원 /
꿈을 꾸고 있는 듯한 표정이었어.

김 씨 /
그 사람의 감지 못한 눈을 보셨군요?

파출소 직원 /
눈을 뜬 채 주먹을 꼭 쥐고 있었는데, 굳어서 그건 잘 펴지지가 않더군.
그래. (김 씨를 바라보며) 지금 자네처럼 말이야.

○ 김 씨, 주먹을 쥔 자신의 손을
　멍하니 바라본다.

파출소 직원 /
일주일을 기다려도 가족이 나타나지 않아 화장을
했지. 직원들이 강가에 뿌려주었을 거야.

김 씨 /
(잔을 내밀며)　한 잔 주세요.

파출소 직원 /
(술을 따라주며)　조심하게. 술이 꽤 깊네.

김 씨 /
술이 깊군요.
현장에 계셨나 보군요?

파출소 직원 /
(김 씨를 유심히 쳐다보며)　시신을 멀리서 지켜보기
만 했어.

김 씨 /
멀리서.

파출소 직원 /
(술을 따르며) 좀 더 들겠나?

김 씨 /
저는 술을 잘 마시지 못해요. 그렇지만 한 잔만 더
주세요.

○ 김 씨, 술을 받아 마신다.
얼굴이 심하게 일그러진다.
사내, 난로 쪽으로 걸어가서 물 한 잔을 가져온다.

사내 /
(김 씨에게 주며) 아침 해가 떴는데도 참새가 전깃
줄에서 꼼짝도 않고 있는 건 언 발이 아직 안 풀렸
기 때문이에요.

파출소 직원 /
이렇게 쏟아지면 물이 더 불어날 텐데.

(기침이 한두 번씩 나오다 점차 심해지며)

이런 구두가 딱딱해졌네. 밖에 나가 기름을 좀 더 가
져다주겠니?

○ 사내, 난로로 다가가 기름통을 들고
  남은 기름을 부은 후 밖으로 나간다.
  파출소 직원, 품에서 약봉지를 꺼내
  알약을 입에 털어 넣는다. 기침을 한다.

          김 씨／
          어디가 아프시군요?

          파출소 직원／
          예전에 머릴 조금 다쳤어. 몸이 세월을 많이 먹어치
          운 거지.

          김 씨／
          가족이 없으신가요?

          파출소 직원／
          혼자야.

김 씨 /
아들은요?

파출소 직원 /
내가 아들 이야기를 했었나?

김 씨 /
오래전부터 기다리고 있다고 했지요.

파출소 직원 /
그랬군. 아들은 비행기를 타고 먼 곳으로 날아갔어.

김 씨 /
저는 한 번도 비행기를 타보지 못했어요.

파출소 직원 /
그 애가 태어났을 때 난 발가락들을 살짝 깨물어주
었지. 손가락 발가락을 다 세어본 후.

김 씨 /
귀여웠겠다.

파출소 직원 /

네 살이 지나도 말을 하지 못하더군.

김 씨 /

발육이 조금 늦는 아이들도 많죠. 저도 그랬으니까.

파출소 직원 /

자폐라고 하더군.

○ 파출소 직원, 기침을 한다.

김 씨 /

술잔이 떨리고 있어요.

파출소 직원 /

그러네.

○ 서로의 술잔을 각각 멍하게 바라본다.

○ 조명, 조금 어두워진다.
  나뭇가지에서 눈이 떨어지는 소리가 고요하다.

○ 김 씨, 멍하니 생각에 잠긴 듯하다.
  사내, 들어와 난로의 기름통에 기름을 붓는다.
  불이 살아 오른다.

파출소 직원 ⁄
무슨 생각을 그렇게 해?

김 씨 ⁄
엄마요.

사내 ⁄
엄마도 있어?

김 씨 ⁄
엄마가 없는 사람도 있나요.

사내 ⁄
보고 싶어?

김 씨 ⁄
조금.

사내 /

괜찮아. 천천히 말해.

김 씨 /

엄마는 제 방의 어항 속에 금붕어들을 가득 풀어주
셨어요. 저는 금붕어들의 지느러미를 하루 종일 바
라보곤 했죠.

사내 /

멋져.

○ 난로 곁으로 다가와 손을 쬐는
  파출소 직원과 사내.

파출소 직원 /

(김 씨를 보며) 자넨 무엇을 믿나?

김 씨 /

글쎄요. 믿고 싶은 것이 있으세요?

파출소 직원

모르겠어. 그렇지만 내가 모르는 눈이 이렇게 내리고 내가 본 적이 없는 이런 겨울이 오면 자주 생각하게 돼.

김 씨

그런 눈이 오면 저도 묻어주세요.

파출소 직원

(옆에 있는 사내를 처음 보듯 돌아보며) 손은 좀 따뜻해졌나요? (난로를 내려다보다가) 근데 어떻게 오셨어요? 늦은 시간인데?

사내

(좀 더 난로 곁에 가까이 붙으며) 저는 벌레입니다. 말했잖아요…

파출소 직원

아. (볼펜으로 머리를 툭툭 친다) 미안 미안. 나이가 들다 보니 자꾸 깜빡깜빡해요.

○ 파출소 직원,
　담배에 불을 붙인다.

　　　　　사내 /
　　　　　밤이 되면 벌레들이 불빛을 찾는 건 하루 종일 떠돌
　　　　　았기 때문이에요. 저를 그냥 벌레라고 생각하세요.

　　　　　파출소 직원 /
　　　　　(주위를 두리번거리듯 보며)　그래요. 벌레가 많긴 하
　　　　　군요.

　　　　　김 씨 /
　　　　　사람들은 벌레가 징그럽다고 생각할 뿐, 벌레의 날
　　　　　개에는 관심이 없죠.

　　　　　사내 /
　　　　　벌레는 스스로를 벌레라고 부르지 않아요.

　　　　　파출소 직원 /
　　　　　그렇군. 이보게, 그런데 무언가를 기다린다고 하지
　　　　　않았나?

사내 /

기다리는 중이에요.

파출소 직원 /

당신은 제 정신이 아닌 것 같아.

○ 파출소 직원, 테이블로 가서 술을 잔에 부으며
　사내의 위아래를 바라본다.

사내 /

밤마다 저는 물속을 천천히 걸어다니곤 해요.

파출소 직원 /

저런 팬티가 다 젖겠는걸.

김 씨 /

아내는 평생 팬티 두 장으로 살았어요.

파출소 직원 /

(김 씨를 보다가)　이상하군. 내 마누라도 그랬는데…
(사내를 보며)　혹시 당신은 내 아들이야?

사내

그 사람은 오래전에 집을 나갔어요.

파출소 직원

그렇지. 아들은 오래전에 집을 나갔지.
자넨 버림받았나?

사내

그 사람은 당신의 아들이구요.

파출소 직원

(웃으며) 그렇지, 그건 내 아들이지.
(점점 웃으며) 내가 웃고 있나?

사내

아니요. 울지 마세요.

○ 끊어질 듯 이어지는 개 짖는 소리.

○ 사내, 시계를 본다. 자정이다.
　밖에서 리어카를 끌고 온다.

○ 파출소 직원 앞에 세운다.
　시계를 보고 리어카 안으로 들어간다.

　　　　　파출소 직원 /
　　　　　곧 자정이야! 늦기 전에 어서 타!

　　　　　사내 /
　　　　　흔들어주세요.

○ 파출소 직원, 리어카를 천천히 유모차처럼 흔들어준다.
　사내, 졸기 시작한다.

　　　　　사내 /
　　　　　(창문을 바라보며)　눈은 세상에 자신의 고요를 조금
　　　　　씩 쌓고 있는 거예요.

　　　　　파출소 직원 /
　　　　　아가, 이제 자야 할 때야.

　　　　　사내 /
　　　　　네… 곧 저 눈은 다 고요가 될 거예요. 깊고 아득한

것들로 돌아가기 위해서.

파출소 직원 /
그래그래… 자자 자자.

○ 사내, 꾸벅꾸벅 존다.

김 씨 /
(혼자 술을 한 잔 따라 마시며)   어르신 욕조 좀 쓰게
해주세요. 뜨거운 물에 몸을 좀 담그고 싶어요.

파출소 직원 /
좋은 생각이군. 그런데 이보게, 여긴 욕조는 없어.

김 씨 /
무슨 파출소에 욕조도 없어요? 추운 사람들이 많이
드나들 텐데.

파출소 직원 /
해수욕장 공동 사우나실 같은 걸 찾는다면 다른 데
서 알아봐. 고무 인간을 끼워줄지는 모르겠지만.

김 씨 /
(침울해지며)   내일이 결혼기념일인데… 우린 결혼
식도 못 올렸어요.

파출소 직원 /
저런 바빴군, 여자는 그거 평생 못 잊는데.

김 씨 /
어머니도 그 여잘 좋아했어요. 항상 예쁘고 뚱뚱한
여자를 좋아했죠. 날 번쩍 안고 있는 걸 보시곤 흐뭇
해하셨어요.

파출소 직원 /
엄마도 달아난 거야?

김 씨 /
눈을 떠보니.

파출소 직원 /
(받아치듯)   자네처럼 기어간 거군. 아니면 엄마도
누가 업어간 거야?

○ 리어카에서 사내가 뒤척인다.

> **파출소 직원**
> 쉿! 아가 깨잖아!

> **김 씨**
> 쉿! 다들 그렇게 살아가는 거죠. 눈을 감고 돌아누
> 우면 쉬워져요.

> **파출소 직원**
> 숟가락만 들 수 있다고 다 인간이 아니야. 우울해
> 진다.

○ 김 씨, 웃으며
　부드럽게 뒹군다.

> **김 씨**
> 우린 밤마다 지느러미를 부딪치며 놀았어요.

> **파출소 직원**
> 좋았겠다.

근데 자넨 지느러미보다 머리를 좀 잘라야겠어. 눈
동자가 잘 보이질 않아.

김 씨 /
아내와 전 방에서 서로의 머리를 잘라주곤 했어요.
밤마다 서로의 몸을 씻겨주면서 끌어안고 뒹굴었죠.

(침묵)

○ 눈보라가 창을 친다.
리어카를 바라본다.

파출소 직원 /
이것 봐! 눈이 꽉 찼어. 이것 좀 나가서 비우고 올게.

가자! 무덤가로! 출발!

○ 리어카를 끌고 사라진다.

암전

○ 거리의 폭설 속에서 비대하고 커다란 몸집의 아내(외국인)가
구부려 잠든 김 씨를 안아 든다.
주변에는 아무도 없다.

○ 김 씨의 방 앞에 멈추어 있다.
잠든 김 씨를 잠시 내려놓는다.
문을 연다. 방 안 가득 눈이 쌓여 있다.
문턱까지 넘쳐 있다.

○ 아내, 삽을 들고 방 입구에 쌓인 눈을 파낸다.
다시 김 씨를 업고 안으로 들어간다.
폭설이 가득한 방 안으로.

○ 파출소 안에 눈이 내리고 있다.
서랍과 회중시계 등에 눈이 수북이 쌓여 있다.
어둠 속 김 씨, 눈발에 덮힌 채
바닥에 엎드려 있다.
등대의 조명이 밀려왔다 사라진다.

○ 파출소 직원, 빈 리어카를 끌고
콧노래를 부르며 들어온다.

> **파출소 직원 /**
> (빈 리어카를 가리키며)   눈은 버려도 버려도 금방 찬
> 단 말이야.

> **김 씨 /**
> (일어나며)   다 비우고 오셨네요. 추워요. 저도 거기
> 들어가고 싶어요.

> **파출소 직원 /**
> 여기? 자넨 들어올 수 없어. 이곳을 나가야지.

김 씨 /
쌓인 눈 속에 파묻혀 있으면 버릴 때 아무도 모를
거예요.

파출소 직원 /
그럼 잠시만 여기로 들어와.

○ 파출소 직원, 김 씨를 안아서
   리어카에 태운다.

김 씨 /
따뜻해.

파출소 직원 /
바닥보단 낫지.

김 씨 /
흔들어주세요.

○ 유모차처럼 돌아다니며
   흔들어준다.

파출소 직원 /

어때? 흔들어주니 괜찮지?

김 씨 /

귓속의 종이 흔들려요.

지느러미가 흔들려요.

눈물방울이 흔들려요.

졸려요…

○ 김 씨, 꾸벅꾸벅 졸기 시작한다.

파출소 직원 /

아내를 찾아 언제까지 거리를 헤맬 생각이야?

김 씨 /

집에 어항이 하나 있어요. 어항 속에서 조그만 물고 기를 이렇게 (허공을 손가락으로 쥐며) 손바닥에 올 려놓고 지느러미 냄새를 맡아보았어요.

파출소 직원 /

무슨 냄새가 나?

김 씨 ⁄
꿈 냄새요.

파출소 직원 ⁄
좋았겠는걸. 꿈 냄새는 어떨까? 사진이 있으면 보고
싶어.

○ 김 씨, 품에서
사진을 한 장 꺼내 건넨다.

파출소 직원 ⁄
(사진을 보며) 잘 어울려.

김 씨 ⁄
그런가요?

파출소 직원 ⁄
(사진을 보며) 보기 좋아.

김 씨 ⁄
(웃으며) 그렇지요.

파출소 직원 ╱
사랑이 뭐라고 생각해?

김 씨 ╱
어둠 속에서 손을 꼭 잡고 이렇게 조금만 있자… 하
는 거요.

파출소 직원 ╱
멋져.
또 말해줘. 사랑이 뭐야?

김 씨 ╱
이불 속에서 지느러미를 부비며 노는 거.

파출소 직원 ╱
좋겠다. 나도 알지.
근데 이건 꽃밭에서 어린아이 손바닥에 내려앉아
있는 나비 사진 같은데?

김 씨 ╱
(사진을 빼앗으며) 우린 사진을 평생 찍어보지 못했

어요.

○ 사진이 바닥에 떨어진다.
사내가 다가와 조용히 들어서 건네준다.
김 씨, 멍하니 사진을 바라본다.

파출소 직원 /
이 사진 속 주인공은 누구야?

김 씨 /
저예요. 어릴 적 엄마가 찍어준.

파출소 직원 /
엄마도 있었어?

김 씨 /
전 물고기가 아니라 사람이에요. 엄마 없는 사람은
없어요.

파출소 직원 /
맞아, 자넨 지느러미가 있을 뿐이지. 계속해줘. 이 사진 속 나비는 어떻게 자네 손바닥에 내려앉은 거지?

김 씨 /
엄마는 마당에 꽃을 피워 나비를 가득 기르시곤 했
어요.

파출소 직원 /
나비를 사람이 기를 수 있다고는 한 번도 생각해본
적이 없어.

김 씨 /
마루에 걸터앉아 하루 종일 나비를 바라보곤 했어
요. 하루 종일이요. 제가 나비를 보면서 생각한 것이
무엇인 줄 아세요?

파출소 직원 /
(잔을 비우며) 글쎄, 햇살이 좋으니 나 같으면 많이
졸렸겠는걸.

김 씨

나비의 연한 발목을 바라보곤 했어요.　(꿈꾸듯이)
내 콧등을 살랑살랑 간질이면서 날아가는…　(손가
락을 들어 허공을 짚으며)　실처럼 가늘고 긴… 다리
에 있는 발목 말이에요…

○ 김 씨, 몽상에 젖어 눈을 감고 회상한 듯
　멍하다 졸고 있다.

○ 파출소 직원, 리어카를 세워두고,
　담배를 꺼내 물고 리어카 옆에 앉는다.

파출소 직원

무리하진 마.
술잔이 비었어. 받게.

○ 파출소 직원, 잠든 김 씨의 잔에 술을 따라준다.
  눈을 감고 있는 김 씨의 뺨을 살짝 때리고
  리어카를 마구 흔든다.

          파출소 직원 ⁄
          꿈 깨! 여기서 잠들면 안 돼.

○ 깨어나는 김 씨.
  멍하다. 술잔을 비운다.

          김 씨 ⁄
          크… 저는 방금 거리에서 인생이란 우주처럼 까마
          득하다는 걸 배웠어요.

          파출소 직원 ⁄
          또 뭘 배웠어?

          김 씨 ⁄
          저는 양말을 신어본 기억이 거의 없다는 것도 배웠
          어요.

파출소 직원
또?

김 씨
나비의 다리가 길고 아름답다는 것도요.

파출소 직원
또?

김 씨
잊혀야 산다는 거.

○ 파출소 직원, 갑자기 경직된 얼굴로
　벌떡 일어나며

파출소 직원
그만둬!

○ 리어카를 쏟아버린다.
　바닥으로 미끄러지는 김 씨.

김 씨/

(놀란 듯)　제가 또 뭘 잘못했나요? 왜 절 바닥에 버리시죠? 너무해. 너무해.

파출소 직원/

인생을 구걸하는 것 같군.

(담배를 물고 고개를 멍하니 흔들며)　무의미해.

김 씨/

왜죠?

파출소 직원/

죽어가는 순간에 어떻게 살아야만 했던가를 배우는
게 과연 시기가 적절하다고 할 수 있겠나?

김 씨/

저는 아직 죽지 않았어요.

파출소 직원/

그래! 자넨 죽어선 안 돼!

○ 김 씨와 사내, 동작 멈추고 파출소 직원만 조명.
  사내, 서랍에 비행기를 넣고 문을 열고 사라진다.

파출소 직원 ╱
(잔을 비운 후) 나 등에 눈이 많아.

○ 김 씨, 침묵.

파출소 직원 ╱
아이를 잃어버린 후 아내와 난 아이가 돌아오지 않
기를 바랐지.

김 씨 /
기다림은 사람을 지치게 하죠.

파출소 직원 /
거리로 나가서 찾을 생각도 하지 않았어. 어차피 우
리를 알아보지도 못할 아이였으니까.

김 씨 /
부모를 못 알아보는 아이는 없어요.
그 아이는 저 눈송이를 하늘이라고 불렀을 거예요.
그 아이는 나비를 지느러미라고 불렀을 거예요.
그 아이는 갈매기를 두더지라고 불렀을 거예요.
두더지가 땅을 파면서 하늘로 간다고 말했을 거예요.
그 아이는 추워서 손이 눈물을 흘린다고 말했을 거
예요.
그 아이는 은하철도를 타고 초록색과 빨간색을 물
리치러 간다고 말했을 거예요.
그 아이는 물을 많이 먹으면 물고기가 된다고 말했
을 거예요.
그 아이는 저걸 보고…
파도가 물로 들어간다고 말했을 거예요.

○ 주저앉는 파출소 직원.

파출소 직원 /
며칠 후 난 내 손으로 아이를 건져 올렸지.

김 씨 /
늦었군요.

파출소 직원 /
얼마 지나지 않아 이 두 손으로 직접 아내도 건져
올려야 했어. 아이를 버렸다는 죄책감 때문에 아내
도 따라간 거야.

김 씨 /
예쁜 구름이 되어 저기 떠 있을 거예요.

파출소 직원 /
내 손으로 둘 다 건져 올렸어…

김 씨 /
비행기가 물속에서 떠올랐구나.

파출소 직원 /

평생 그 기억으로부터 자유롭지 못한 것 같아.

김 씨 /

혼자 살아왔구나.

파출소 직원 /

혼자서 팬티를 입고, 혼자서 집에 양초를 켜고, 혼자서 어항 속 금붕어에게 먹이를 주었네.

김 씨 /

왜 떠나지 않으셨나요? 이곳엔 아픈 기억이 많을 텐데.

파출소 직원 /

죽은 후에 내가 그들을 알아보지 못할까 봐 겁이 나. 살아서는 기억이 점점 희미해지는데, 죽어서도 기억이 나지 않으면 어떡해? 기억해내기 위해, 잊지 않기 위해, 남은 생을 살아왔어.

김 씨 /

무리하진 마세요. 욕심이 많군요. 죽어서도 기억을

갖고 싶다니.

파출소 직원 /
그래, 난 욕심쟁이야.

○ 조명, 다시 들어오고
쭈그려 앉아 흐느끼는 파출소 직원.
김 씨, 파출소 직원 쪽으로 다가가 등을 토닥여준다.

김 씨 /
사람은 바닥에 닿으면 그때서야 자신의 가슴이 가
장 따뜻하다는 걸 배우죠. 괜찮아요.

파출소 직원 /
흑흑, 못 본 지 몇 십 년이 지났어.

김 씨 /
(웃으며)   우시는 모습이 저 아이와 닮았어요.

파출소 직원 /
(김 씨를 안고 울며 웃으며)   정말? 그래그래…

○ 사내, 다시 문을 열고 들어온다.
　빗자루로 문 앞의 눈을 치운다.
　파출소 직원, 간이침대로 가서 앉는다.
　숨이 거칠다.

　　　　　　사내 /
　　　　　손톱이 많이 자라셨어요. 제가 잘라드릴게요.

○ 사내, 책상에서 손톱깎이를 꺼내
　파출소 직원의 손톱을 깎아준다.

　　　　　　파출소 직원 /
　　　　　(손을 내민다)　고마워. 저 친구 손톱도 좀 깎아줘.

　　　　　　김 씨 /
　　　　　난 손톱을 물어뜯어서 하나도 안 남았어요.

　　　　　　파출소 직원 /
　　　　　그럼 발톱이라도 깎아줘. 때꼽이 많이 끼었을 거야.

김 씨 /

(웃으며) 난 발톱을 가져본 적이 없어요.

파출소 직원 /

(웃으며) 내 걸 좀 나눠줄까?

김 씨 /

더러워.

사내 /

(파출소 직원의 손을 놓으며) 저 손도 주세요.

파출소 직원 /

(손을 주며) 고마워.

사내 /

(손가락을 들어보며) 손톱이 많이 상했어요.

파출소 직원 /

(아이를 꾸짖듯이) 당연하지. 밤마다 물어뜯으니까.
아프게 하지 마.

사내 /
(손톱을 다듬어주고 후 불면서 웃으며)   알았어요.

파출소 직원 /
(손을 빼며)   아야… 간지러워…

○ 조명, 서서히 물결이 빠지듯이
　어두워진다.

암전

○ 김 씨는 입에 플래시를 물고
   고무 튜브를 다시 입고
   창가 쪽으로 기어가고 있다.
   사내는 의자에 앉아 있고
   파출소 직원은 눕는다.
   사내가 이불을 덮어준다.

파출소 직원 ⁄
어딜 가려고 그래?

김 씨 ⁄
(플래시로 창문 밖 하늘을 비춰보며) 별을 좀 보려구요.
사람들은 어두워지면 별을 찾아요. 하지만 별은 낮
에도 항상 그 자리에 있어요.

사내 ⁄
별도 결국 가까이 가보면 차가운 돌덩이에 불과해요.

김 씨 ⁄
그런 말 말어.
눈물이 나.

○ 사내, 플래시를 받아
　자신도 별을 비추어본다.
　파출소 직원도 플래시를 받아
　한번 비추어본다.

　　　　　김 씨 /
　　　　　땅은 메말라서 헤엄치기 힘들어요.

○ 사내,
　불을 켠다. 창문을 연다. 바람이 몰아친다.
　바람을 느끼듯 눈을 감는 사내.

　　　　　사내 /
　　　　　이제 가요.

　　　　　파출소 직원 /
　　　　　응 그래. 조금만.

○ 사내, 파출소 직원을 안아서
　등에 업는다.

파출소 직원 /

(일어나서 난로로 다가가 불을 확인하며)   자네 말이 맞
아. 이 땅은 메말라서 헤엄치기 힘들지. 자넨 그래도
좀 더 살아야 해.
(벽시계를 보며)   이런! 잠깐만 내려줘. 마지막 교대
할 준비를 해야겠어.

○ 사내, 파출소 직원을
　내려준다.

사내 /

(창문을 바라보며)   이제 아무도 여기 오지 않아요.
쉬셔야 해요.

김 씨 /

저기 봐요. 눈이 다 그쳤어요. 제가 이곳에 온 마지
막 사람인가요? 영광이군요.

파출소 직원 /

자넨 죄가 없어. 자유야. 집으로 돌아가게.

김 씨 /

저 같은 사람을 또 구하셔야 하잖아요. 저 아이처럼 여기 살게 해주세요. 무덤 근처에 살게요. 뭐든지 도울게요.

파출소 직원 /

내일이면 이 파출소는 영원히 사라져. 해수욕장도 폐쇄한다고 하더군. 더 이상 손쓸 수 없대. 쓸모없다고 판정한 거지.

김 씨 /

여름엔 먼 남쪽 따뜻한 바다에서 흘러온 파인애플을 건져 올릴 수도 있을 텐데.

파출소 직원 /

난 여기서 한 게 없어. 비겁하게 늙기만 했지.

사내 /

죽은 갈매기를 건져 올려주셨잖아요.

○ 사내, 리어카에 받아 온 눈을
바닥에 쏟는다. 발자국을 찍는다.
파출소 직원도 다가와 발자국을 찍는다.
김 씨도 기어 와 손바닥을 누른다. 웃는 셋.

파출소 직원 ╱
이제 어디로 가야 할까?

사내 ╱
시간이 됐어요. 비행기를 타야 해요.

파출소 직원 ╱
아주 먼 곳인가 보군.
오늘 밤은 좀 더 취하고 싶은데.

사내 ╱
가야 해요. 눈은 이제 하늘로 돌아가야 하구요.

○ 파출소 직원, 쓸쓸하게 책상 위
볼펜들이며 서류들을 만지작거린다.
책상을 정리하며 무언가를 집는다.

파출소 직원 /

(생각난 듯)　아, 깜박할 뻔했어. 이거 받아.

○ 파출소 직원, 김 씨에게
　머리핀을 전한다.

김 씨 /

이걸 왜 저한테 주시죠?

파출소 직원 /

자네가 선물한 거잖아.

김 씨 /

그렇군요.

파출소 직원 /

모양 기억해?

김 씨 /

좌판에서 산 오백 원짜리 물색 머리핀.

사내 ╱

물고기 등으로 내려앉은 나비 한 마리죠.

○ 김 씨, 잠시 손바닥에 놓여진
　머리핀을 본다.

파출소 직원 ╱

똑똑해.

(옷을 여미며)　가봐야겠어. 그런데 나는 요즘 집으
로 가는 길도 까먹곤 한다네.

김 씨 ╱

전 어디로 가야 하죠?

파출소 직원 ╱

바다표범의 키스를 받으러 가야지.

○ 파출소 직원, 너털웃음 짓는다.
　김 씨도 사내도 따라 웃는다.

사내 /

(다가와 웃으며) 나갈까요?

파출소 직원 /

업어줘.

사내 /

네. 업어드릴게요.

파출소 직원 /

(웃으며) 그래도 되겠소? 업혀본 지 오래야.

사내 /

(웃으며) 도착할 때까지 제 등에 누워 주무세요.

○ 파출소 직원, 사내에게 업힌다.

파출소 직원 /

(웃으며) 무겁지 않아?

사내 /
(웃으며) 그런 말 마세요. 가벼워요.

파출소 직원 /
(칭얼거리듯) 비행기 소리 한번 내줘.

사내 /
부웅 부 우 웅.

파출소 직원 /
부붕 부 우 웅.

김 씨 /
조심해. 등에 눈이 많아.

파출소 직원 /
그런 말 말어.

(사이)

파출소 직원 /

우리 어때 보여?

김 씨 /

불고기 브라더스 같아.

파출소 직원 /

이 추운 날씨에 찾아온 곤충이나 새가 있을까?

김 씨 /

날씨에 따라 동백은 향이 달라져. 오늘은 눈 속에 핀
동백 향이 참 좋다…

○ 사내, 파출소 직원을 등에 업은 채 무대 뒷문으로 걸어간다.
　문 앞에서 문득 멈추고

파출소 직원 /

이봐, 보내기 힘들었지?

김 씨 /

…

파출소 직원 /

그게 인생이야.

○ 바람 소리.

무대의 바닥으로부터
천천히 물이 차오른다.

파출소가 물에 잠겨 있다.

고무 지느러미가
조금씩 바깥으로 사라진다.

시곗바늘이 멈춘다.

해설

—

시차의 영도(零度)

허희 문학평론가

리듬(rhythm)을 재발명해야 한다. 어쭙잖은 문학평론을 쓰는 사람으로서, 가까스로 세상에서 버티는 한 사람으로서, 문학적 삶을 위한 난제는 고유한 리듬을 찾는 일과 항상 관련되어 있다고 믿는다. 바야흐로 최소 투입에 의한 최대 산출, 최적의 효율성을 요구하는 경영 논리가 득세하는 시대이다. 지금 여기에서는 남보다 빠르게 질주해야만 우위를 점할 수 있다. 그런데 비교 불가능한 속도를 자랑하는 이들의 리듬은 이상하리만치 똑같다. 대체 가능한 동일한 리듬이다. 각자의 개별적인 리듬은 온데간데없이 사라졌다. 문학적 삶과 대비되는 기계적 삶이다. 한데 불명확하며 불완전할 수밖에 없는 사람은 어쩔 수 없이 기계보다는 문학에 가깝다.

그러므로 리듬을 재발명해야 한다. 우리가 기계가 아닌 사람인 한에서, 빈틈없는 천편일률을 빈틈투성이 불협화음으로 전환하고 긍정할 필요가 있다. 완전한 기계적 성공을 지양하고, 온전한 문학적 실패를 지향하기. 이것이야말로 오늘날 문학이 할 수 있고, 해야 하는 일 중의 하나라고 생각한다. 누군가는 시로, 소설로, 희곡으로, 비평으로 한다. 시인이자 극작가인 김경주는 어떤가 하면 '시극(詩劇)'으로 하고 있다. 시극은 그의 시적 방법과 극적 운동이 융합된 장르이고, 스스로 밝힌바 "시극은 그 모성의 언어를 찾아가는 리듬을 포기하지 않는 작업이다."(김경주, 시극론(詩劇論)) 재단되지 않은 언어, 무의식의 기원을 소급하는 것은 리듬과 연관된다. 그래서 김경주가 추구하는 정의는 시적이다.

리듬을 재발명한 한 가지 사례『내가 가장 아름다울 때 내 곁엔 사랑하는 이가 없었다』가 있다. 잘 알려진 대로 이 제목은 왕가위(王家衛) 감독의 영화 중에서도 특히 시적인 작품으로 손꼽히는 「동사서독(東邪西毒)」(1994)에 나오는 대사인데, 서구권에는 「시간의 재(Ashes of Time)」로 소개되었다. '내가 가장 아름다울 때 내 곁엔 사랑하는 이가 없었다'를 표제로 삼아, 김경주는 자신의 시극이 시간이 아니라, 시간이 소진되고 남은 재를 제재로 삼고 있음을 천명한다. 시간의 재가 내포한 잔해의 리듬과 결부하여, 포에틱 드라마(poetic drama)와 포에틱 저스티스(poetic justice)는 어떻게 연계되는가. 「동사서독」을 포함한 왕가위 영화에서 고른 세 가지 열쇳말로 세 개의 막을 검토할 것이다.

―

1막. 타락천사(墮落天使) : "다리는 어디로 갔을까요? 전 제 다리를 어디에 두고 온 걸까요?"

천사가 떨어진 때는 눈 내리는 크리스마스, 떨어진 곳은 해변의 파출소이다. 무슨 곡절에서인지 천사는 강림하지 못하고 추락해버렸다. 그는 날개뿐만 아니라 다리까지 잃는다. 장엄하게 인간을 굽어보던 천사는 하늘에서의 기억을 망각하고, 인간의 시선보다 낮은 위치에서 인간을 우러러보게 되었다. 천상에서 지상으로 낙하하고, 신성

(神性)이 속화되었으니 그를 '타락천사'라고 불러도 틀리지 않을 것 같다. '김 씨'에 대한 이야기이다. "반은 고무이고 반은 인간"이 된 그는 하반신에 고무를 동여매고 밑바닥을 기어 다니면서 세상과 부대낀다. 고고한 천사였다면 인식조차 하지 못했을 온갖 종류의 속악함을 최저에 있는 타락천사는 몸소 겪어낸다. 사람들에게 짓밟힐 때마다 그는 하늘을 올려다본다. 현재의 김 씨는 잊었으나, 실은 거기에 자기가 머물던 시절의 잔상이 희미하게나마 남아 있기 때문이다. "하늘에 물고기들이 날아다녔어요." 그의 말은 거짓이 아니다.

날개 잃은 천사는 하늘로 돌아갈 수 없다. 대신 그는 몸을 이끌어 바다로 향한다. 지고(至高)의 하늘과 지저(地底)의 바다는 거울처럼 마주 보고 있다. 회전하는 둥근 지구의 상하를 뒤집으면, 하늘은 바다가 되고, 바다는 하늘이 된다. 전도된 세계에서 비상과 침잠은 같은 형태의 움직임이다. '파출소 직원'의 응답이 이를 방증한다. "바다로 들어가서 헤엄치고 싶었구나. 인어처럼 말이야." 그렇지만 경찰로서는 김 씨의 바다행을 가로막을 수밖에 없다. 구원과 죽음의 외면이 상동한 까닭이다. 순찰을 돌던 파출소 직원은 김 씨를 업고 파출소로 복귀한다. 또다시 노상으로 가야 하는 김 씨에게 그곳은 잠시 쉬어가는 정거장에 불과할지라도, 그곳에서 발화함으로써 그는 고립된 존재가 되지 않는다. 파출소 직원은 김 씨에게 진술을 강요하지 않고, 그들은 함께 '대화'를 나눈다.

이 순간 파출소 직원은 법의 집행자가 아니라, 삶의 동반자로 김 씨를 대한다. 사람들에게 밟힌 김 씨의 손을 바라보며 "그래서 손이 물갈퀴처럼 변한 거구나."라고 안타까워하거나, 김 씨가 구걸한 돈으로 닳아지는 물건들을 사기에도 벅차다고 토로할 때, "닳아지지 않는 장갑, 닳아지지 않는 달걀, 닳아지지 않는 화장지, 닳아지지 않는 촛불이 있으면 좋을 텐데."라고 가슴 아프게 여긴다. 아무런 공통점이 없는 타자와의 공감대는 어떻게 형성되는가. 눈을 바라보며, 귀기울여 듣고, 진심으로 답하는 가운데 상대방과의 접점이 생긴다. 파출소 직원을 보면 알 수 있다. 현세에서 60여 년의 세월을 살아내는 동안, 피의자와 피해자 혹은 피의자인 동시에 피해자인 사람들과 대면하면서, 파출소 직원은 영접의 사도(使徒)로 변화한다. 그리하여 김 씨는 자기 아내와의 이야기도 파출소 직원에게 털어놓는다.

하늘에서 떨어진 천사는 상반신만 남은 인간이 되었다. 먹고살 수 있는 방도가 달리 없기에, 그는 아내 등에 업혀서 새벽마다 거리에 나가 동냥한다. 파출소 직원은 걸식하는 김 씨를 측은해하며 생계를 유지할 다른 방법을 찾아보라고 권한다. 그러자 그는 이렇게 반문한다. "어르신은 여기서 많은 사람들이 살려고 노력하다가 자빠지는 것을 보았으니 뾰족한 수를 알고 계시는구나? 알려주세요. 제가 어떻게 무슨 일을 할 수 있을까요? 아내와 매일 이별하지 않고 사는 방법이 뭐가 있죠?" 파출소 직원은 뚜렷한 답을 제시하지 못한다. 다만 가족이 있다는 것은 좋은 거라고, 희망을 포기하지 말라고 격려한다. 파출소 직원의 말대로 가족이 희망이라면 아내는 김 씨의 희망이다. 그러니까 "아내는 나를 포기하지 않아요."라는 단언은 그가 희망을 포기하지 않은 것이 아니라, 희망이 그를 포기하지 않았다는 함의를 갖는다. 낙원에 있는 천사에게는 무용한, 낙원의 저편에 있는 타락천사에게는 절실한, 절대적 희망이다. 희망의 원리는 절망과 환멸을 동력으로 삼는다.

  2막. 취생몽사(醉生夢死): "죽은 새가 땅에 내려와 눕지 못하고 하늘을 맴돌고 있어요."

  마시면 지난날을 전부 잊게 되는 술이 있다고 한다. 파출소 직원은 취한 듯 살다가 꿈처럼 죽는다는 이름의 술을 마시는 "주정뱅이 독거노인"이다. 그렇지만 그는 과거를 상실하지 못한다. 기억은 끈질기다. 소화(燒火)될지언정 소멸하지 않는다. 기억의 재가 흔적을 남긴다. 그것을 그러모아 파출소 직원은 아이 없는 삶을 산다. 아니 간신히 견딘다. 오늘도 그는 관할 구역인 해변의 묘지를 순찰하는데, 삽으로 무덤을 파고 있는 소년을 발견한다. 짐작되는바, 소년은 무덤가의 유령이다. 죽은 소년과의 조우는 파출소 직원에게 낯설지 않다. "네가 있는 곳으로 돌아가 잘 지내야지."라고 말하지만, 오히려 그는 이와 같은 만남을 은근히 기대하는 것 같다. 어쩌면 파출소 직원의 아이가 바로 소년인지도 모른다. 아들의 죄를 아버지가 대속이라도 하듯이, 소년이 파헤친 무덤을 파출소 직원이 덮는다. 죽음은 부정하기보다 인정하기가 어려운 문제이다. 그럼에도 불구하고 지금까지 파출소 직원은 부재를 받아들이는 지난한 과정으로서의 애도를 해왔다. 그러한 와중에 눈발이 날리며 바람이 분다. 해변의 묘지에서 살아야겠다는 그의 결심은 타자에게로 투사된다.

한 가지 예를 들어볼까. 아내가 떠나고 홀로 남겨진 김 씨가 바다로 가서 죽을 거라고 절규하자, 파출소 직원은 수갑으로 그의 손을 채운다. 어떤 누구라도 살려야 한다는 마음에서 비롯한 구속이다. "사랑하는 이가 떠나도 슬픔마저 함께 떠나진 않는 법이니까 살아야지." 상처가 없어서 살 수 있는 것이 아니라, 상처가 있기에 살아야 한다는 파출소 직원의 언명은 즉물적 생존을 승화된 삶으로 밀어 올린다. 김 씨가 무작정 바다에 몸을 던진다고 해서 하늘에 닿을 수 있는 것은 아니다. 그는 본인이 살아야(죽어야) 하는 목적과 이유를 끝까지 궁구하지 않으면 안 된다. 생사에 관한 치열한 탐구에 기반을 둔 통찰과 결단만이 승천과 자살을 구분 짓는다. 이러한 가운데 파출소 직원과의 담화는 김 씨의 향방을 결정하는 데 심대한 영향을 끼친다. 피상적으로 전달하지 않고, 본질적으로 소통하기에 그렇다. 이들은 정보 교환과는 상관없는 시적 교류를 한다.

김 씨가 물속에서 종소리가 나는 것 같다고 하자, 파출소 직원은 "물고기들의 울음소리"라고 답해준다. "겨울엔 자주 들려와. 혼자 새벽에 조용히 바다를 바라보곤 해. 눈이 내리면 물고기들은 바닥에 가라앉아 입안의 종을 흔든다고 하더군." 상대편의 요청을 무시하거나 외면하지 않고, 온 힘을 다해 답변할 책임 윤리의 실천 명제를 두 사람은 성실하게 행한다. 고향이 어디냐고 묻는 파출소 직원의 물음에 김 씨는 "제 고향은… 제 감정이에요."라고 대답한다. 응답 가능성 안에서, 그는 있는 그대로의 진실을 표명했다. 설령 다른 사람들은 고개를 저을지라도 한 사람만은 안다. "아름다운 말이군." 김 씨의 말을 받은 파출소 직원의 말이다. 윤리는 결코 독립적으로 실현되지 않는다. 상호 공유의 장(場)에서 순환하면서, 점점 넓어지고 깊어진다. 김 씨가 파출소 직원에게 폭언을 퍼부어도, 파출소 직원이 김 씨의 얼굴에 묵을 던지고 물을 뿌려도, 공통 감각에 바탕을 둔 둘 사이의 관계는 끝내 파탄에 이르지 않는다.

김 씨가 파출소 직원에게 자신의 무릎에 누워보라고 한다. 손사래 치던 파출소 직원이 김 씨의 무릎을 벤다. 한 사람은 위에 있고, 다른 사람은 아래에 있음으로써 파생될 수밖에 없던 양자의 '시차(視差)'가 사라진다. 거추장스러운 "사회적 지위"도 무화된다. 두 사람은 바닥에서 가만히 창밖에 내리는 눈을 같이 본다. "내리는 눈 속으로 우리의 얼어붙은 눈동자가 들어가 풀리는 거예요." 김 씨의 말처럼 눈(雪)과 눈(眼)은 교차하면서 하나의 눈이 된다. 김 씨와 파출소 직원은 서로를 껴안고 잠든다. 이제야 취생몽사의 진정한 효과가 발휘

된다. 취하는 것과 사는 것, 꿈꾸는 것과 죽는 것이 이토록 닮아 있다.

3막. 화양연화(花樣年華) : "어둠 속에서 손을 꼭 잡고 이렇게 조금만 있자…"

폐기된 해수욕장의 작은 파출소에 중음신(中陰身)이 모여든다. 어느샌가 김 씨와 파출소 직원이 그렇게 된 것일 수도 있다. 두 사람은 잠에서 깨어나지만, 이전과 비교하면 무엇인가가 달라졌다. 스스로도 인지하지 못한 채로 그들은 내세를 기다리는 것처럼 보인다. 갑자기 파출소로 '사내'가 바람을 타고 방문한 사정도 이와 무관하지는 않으리라. 사내는 "산 사람"이 아니다. 그는 2막에 등장한 아이의 유령이 성장한 외양을 하고 있다. 소년이 사내가 되어 나타난 연유는 무엇일까? 추측하건대 더불어 이야기를 나누기 위해서이다. 소년으로서는 표현할 수 없던 심중을 어른으로서 직접 전하려고 이곳에 온 듯이, 사내는 비행기 장난감을 갖고 놀면서도 계속 말을 건넨다. 그러나 소주 취생몽사를 마신 탓인지 파출소 직원은 그의 존재를 자꾸 잊어버린다. 이처럼 그들은 정합적인 문답을 하지 않으나 대화는 끊임없이 이어진다. 주고받는 말들은 의미의 수수께끼를 풀려는 데 초점을 맞추기보다는, 의미를 증폭하는 데 중점을 두고 있다. 이곳에 모인 이들은 언어를 고정시키지 않고 흐르게 하는 화법을 구사한다.

　예컨대 사내는 창문을 보면서, "눈은 세상에 자신의 고요를 조금씩 쌓고 있는 거예요."라고 중얼거린다. 파출소 직원은 그의 말을 해석하지 않는다. 단지 "아가, 이제 자야 할 때야."라고 포용해 사내를 수긍하게 만들고, 그로 하여금 "네… 곧 저 눈은 다 고요가 될 거예요. 깊고 아득한 것들로 돌아가기 위해서."라는 독백을 하도록 추동한다. 예언적이면서도 핵심적인 대사이다. 김 씨와 파출소 직원과 사내는 모두 눈을 맞아 하얗게 변했다. 파출소 안에 눈의 세례를 받지 않은 사람이 없다는 점을 고려하면, 사내의 말은 앞으로 중음신들이 어디로 향하는가를 암시한다고 볼 수 있다. 하지만 그보다 더욱 주목해야 하는 것은 모든 말들이 결대로 전이하는 양상이다. 이때 자연스럽게 떠도는 말들은 충돌하지 않고 교호한다. 여백을 간직하고 각양각색의 무늬를 빚어내며, 말들은 새로운 풍경을 펼쳐낸다. 이를테면 이러한 식으로도. "새가 사람의 머리카락을 물고 날아가면 그 사람은 밤에 날아다니는 꿈을 꾼다."

　이 막에는 『내가 가장 아름다울 때 내 곁엔 사랑하는 이가 없었다』의 등장인물이 한꺼번에 출현한다. 김 씨와 파출소 직원과 사내 외에 김 씨의 아내도 나온다. 아무 말 없이 그녀는 김 씨를 안아 들고 방에 쌓인 눈을 파낸다. 주지하다시피 김 씨의 아내는 이미 그의 곁을 떠난 상태이다. 과연 그녀는 어떻게 모습을 드러낼 수 있었던가. 의외로 답은 간단하다. '시차(時差)'가 사라진 것이다. 드디어 시각의 차이

뿐만 아니라, 시간의 차이까지 발생하지 않게 되었다. 여기에 출몰하는 중음신들은 과거−현재−미래의 연대기적 시간에 제약을 받지 않고, 차안과 피안의 경계를 넘나들며, 가장 아름답고 행복했던 나날을 추억하고 재현한다. 그러면서 일체의 화양연화는 단순한 회고로 그치지 않고, 시제가 중첩되며 현시에서 재구성된다. '머리핀'을 건네는 파출소 직원과 그것을 받는 김 씨. 그리고 "물고기 등으로 내려앉은 나비 한 마리"의 머리핀 모양을 말하는 사내. 그들은 다 같이 꽃 같은 시절을 산다.

　덕분에 한 번도 웃지 않았던 김 씨와 파출소 직원과 사내는 파출소를 떠나기 전, 마침내 환하게 웃는다. 마냥 행복하기만 한 결말이라고 보기는 어렵더라도, 이들이 충만한 기쁨에 휩싸여 어디론가 길을 나섰다는 것만은 분명한 사실이다. '내가 가장 아름다울 때 내 곁엔 사랑하는 이가 없었다'라는 비애는 더 이상 유효하지 않다. 김 씨의 말마따나 사랑이 "이불 속에서 지느러미를 부비며 노는 거"라면, 이들은 사랑을 찾을 수 없는 밑바닥에서 사랑을 창조하여 가장 아름다운 때를 구현했기 때문이다. 될 수 있는 한 쓰고 싶지 않은 상투적 수사지만, 화이트 크리스마스의 기적이라고밖에 할 수 없겠다. 푹푹 눈 내리는 성탄절에 일어난 일련의 사건을 이보다 간명하게 함축할 수 있는 조어를 아직 찾지 못한 탓이다. 시극을 읽고 본, 당신의 명명을 듣고 싶다.

다시 한 번 리듬을 재발명해야 한다. 그러나 일부러 애쓰지 않아도 된다. 리듬을 재발명한 작품은 독자(관객)에게 잠재되어 있던 리듬을 격동시키고, 그렇게 낯설게 배치된 리듬이 단조로운 삶을 단독적인 삶으로 바꾼다. 그러려면 무엇보다 독특한 리듬을 체현한 '시적(poetic)'인 요소가 필수적으로 있어야만 한다. 이것은 또한 『내가 가장 아름다울 때 내 곁엔 사랑하는 이가 없었다』라는 소외된 자들을 다룬 극(drama)을 소외된 자들을 위한 정의(justice)로 이행할 수 있는 조건이자 결론이기도 하다. 그러하기에 다음과 같은 통절한 호소에 전적으로 동의하지 않을 수 없는 것이다. "시극은 멸종하면 안 된다."(김경주, 시극론)

내가 가장 아름다울 때 내 곁엔 사랑하는 이가 없었다

초판 1쇄 발행 2015년 1월 22일
초판 2쇄 발행 2016년 9월 19일

지은이 김경주
펴낸이 정중모
펴낸곳 도서출판 열림원

등록 1980년 5월 19일(제406-2000-000204호)
주소 경기도 파주시 회동길 121 (문발동)
전화 031-955-0770 │ 팩스 031-955-0661-2
홈페이지 www.yolimwon.com │ 이메일 editor@yolimwon.com

ⓒ 김경주, 2015
ISBN 978-89-7063-835-5 03810
● 책값은 뒤표지에 있습니다.

이 도서의 국립중앙도서관 출판예정도서목록(CIP)은 서지정보유통지원시스템 홈페이지(http://seoji.nl.go.kr)와
국가자료공동목록시스템(http://www.nl.go.kr/kolisnet)에서 이용하실 수 있습니다.(CIP제어번호: CIP2015000570)